GW01003763

Diecisiete cuentos
y dos pingüinos

SOPA DE LIBROS

Daniel Nesquens

Diecisiete cuentos y dos pingüinos

Ilustraciones
de Emilio Urberuaga

ANAYA

A mis padres.

El invierno más frío que he conocido
fue un verano en San Francisco.

Mark TWAIN

DOS PINGÜINOS

Los dos pingüinos salieron del agua. Estaba fría. Un pingüino le dijo al otro:

—Veo que sabes nadar muy bien. ¿Cómo te llamas?

El otro respondió:

—Pingüino.

—¡Anda, como yo! —afirmó el pingüino preguntón, el más mojado. Y en seguida se dio cuenta de que había algo que no entendía—. Pero... entonces, cuando alguien nos llame: «eh tú, pingüino», los dos nos volveremos.

—¿Y tú qué quieres? —le preguntó, algo tieso, el otro pingüino.

—Yo quisiera que nuestras madres nos pusieran un nombre cuando nacemos.

—Pero no te das cuenta de que nuestras madres, al igual que nosotros, no han ido a la escuela. ¿Dónde has visto tú que un pingüino vaya a la escuela?

—Pues un primo mío que ha estado en Alaska me ha dicho que allí los pingüinos saben inglés.

—Claro, como que son americanos.

—Aaah. ¿Y por eso dicen: «*Jau guar yu*», y todo eso?

—Por eso —respondió el otro pingüino, llevándose una aleta a su cabeza.

—Y ¿cómo se dice pingüino en inglés?

—Pingüino en inglés se dice: *peguin*.

—Pues a partir de ahora llámame Peguin.

—De acuerdo, Peguin. A partir de ahora te llamaré Peguin —aceptó el otro pingüino, temblando de frío.

—Venga te invito a un té caliente —le propuso Peguin.

Y los dos pingüinos, Pingüino y Peguin, se fueron a la cueva donde vivía Peguin.

Y se tomaron un té muy caliente. Una gota resbaló de la taza de Peguin, y al caer derritió el hielo. Un pez asomó su cabeza.

VIAJE A LONDRES

Asomó mi padre por la puerta con los tres billetes de avión. Eran para Londres. Se los habían regalado en una gasolinera.

—Ha ganado usted un viaje a Londres para toda su familia. Por repostar gasolina en esta gasolinera. Un fin de semana a gastos pagados —le dijo el gasolinero con una sonrisa de oreja a oreja.

—No, si yo sólo quería que me limpiasen los cristales —le respondió mi padre.

—Qué guasón es usted. ¿Cuántos son de familia? —le preguntó el gasolinero.

—Tres. No, cuatro. No, tres —dudaba mi padre.

El gasolinero ya estaba empezando a pensar en regalarle el viaje a otro señor que acababa de parar su coche al lado del surtidor de «sin plomo». Entonces mi padre le explicó que en casa, realmente, éramos tres; pero que mi madre estaba embarazada.

Mi padre tuvo que echar mil pesetas de gasolina. Cogió los billetes y le dio las gracias:

—Gracias.

Lo primero que hice fue ir a coger el paraguas, por si acaso. Mi padre se puso una casete de inglés y empezó a repetir frases que sonaban mal. Mi madre llamó por teléfono a su hermana, mi tía, y le contó que nos íbamos a Londres a pasar el fin de semana.

Qué suerte la de mi padre. Pero aquella noche tuvo que fregar los platos de la cena.

Iba a ser la primera vez que montara en avión. Estaba nervioso. También era la primera vez que iba a salir de España. Bueno, en sueños había estado en el Amazonas y en las pirámides de Egipto, pero de verdad, en carne y hueso, iba a ser la

primera vez. Imaginé el aeropuerto lleno de hombres con gabardina y teléfonos móviles, ocupados en asuntos muy importantes para sus empresas o sus países.

Por fin llegó el momento. Estábamos a punto de embarcar, ya se veía el avión por la cristalera, cuando mi madre dijo:

—Ay, Tomás, me parece que no vamos a poder ir a Londres.

—¡Te has dejado los billetes! —exclamó mi padre.

—No, los billetes no, el niño.

—Pero si está aquí —dijo mi padre mirándome a mí.

—No, ése no. El otro —dijo mi madre señalando su barriga.

Y mi padre tuvo que llamar una ambulancia para que llevara a mi madre al hospital. También llamó un taxi para que me llevara a casa de mi abuela. Puede ser que los niños vengan de París, pero donde no van, como queda demostrado, es a Londres.

Así que el viaje al extranjero se quedó en nada. Aquella noche en la que nació mi hermano soñé que paseaba en una barcaza por el Támesis, y yo era el piloto de la barca de pasaje. Y tocaba el pito. Entonces el Puente de la Torre, ése que sale en todas las fotos, se alzaba dejándonos pasar.

UNA PEQUEÑA DUDA

Marta dejó el bolígrafo encima del cuaderno y fue directa a donde estaba su padre. Su padre estaba lijando la parte inferior de la puerta de la cocina. Raspaba con algo y hacía un ruido que se metía por los oídos. Marta, con la cara seria de las grandes dudas, se paró delante de su padre.

—¿Qué? —le preguntó el padre.

Marta se llevó un dedo a la nariz y dijo que tenía una pregunta muy importante que hacerle. El padre dejó la lima encima de una de las tres banquetas que había en la cocina, se secó el sudor con un pañuelo y le preguntó a su hija que cuál era su duda.

—Papá, ¿por qué el ocho va después del siete? —fue la pregunta que hizo la niña mirando a los ojos de su padre.

El padre se mesó su barba de cuatro días, se quedó pensativo y se sentó. Cogió a su hija de cinco años en brazos, le dio un beso en la mejilla y le contestó:

—Porque si el ocho fuese antes del siete sería un seis.

La niña abrió su dos manos, separó sus dedos, y contó:

—Uno, dos, tres, cuatro, cinco, seis, siete, ocho y diez.

—No —le corrigió su padre—. Y nueve. Uno, dos, tres, cuatro, cinco, seis, siete, ocho y nueve.

Diez minutos después la puerta giraba sobre sus bisagras. Sin hacer nada de ruido. Así:

TOCANDO LA FLAUTA

Mi madre me ha comprado una flauta. Todo el mundo sabe que una flauta es un tubo con agujeros (mi flauta tiene seis) que se tapan y se destapan para producir distintos sonidos que llamamos música. Todo el mundo sabe, también, cómo se toca la flauta, pero pocos son los que saben interpretar una canción. Yo, en el colegio, estoy aprendiendo. La profesora me dice que tengo facilidad para ello, y me pone de ejemplo para los otros compañeros de la clase. A mí me gustaría tocar ya *La flauta mágica* de Mozart, pero mi profesora dice que estoy algo verde. Yo le digo que, con seis años, Wolfgang Amadeus ya

era capaz de interpretar seis tríos como segundo violín.

El otro día, en casa, mientras mi madre preparaba la comida, yo ejercitaba con mi flauta. Estaba en mi habitación sentada en una alfombra hecha a mano que me trajo mi padre en un viaje que hizo a la India y tocando la flauta. Inventándome una melodía misteriosa. Con el solecito del mediodía me entró modorra. Dejé la flauta y me eché sobre la alfombra india. Me quedé dormida como un recién nacido.

Me despertó la voz de mi madre, que me avisaba que la comida estaba en el plato. Me sobresaltó su llamada. Me sorprendió su grito en mitad de un sueño: Estaba interpretando una canción con mi flauta, sentada sobre la alfombra. Iba vestida con una túnica dos tallas mayor y llevaba un turbante sobre mi cabeza. Una vaca, algo flaca, me miraba seria. A mi lado una cacerola se calentaba en una lumbre de ramas secas. De repente la tapadera se elevó unos centímetros y cayó al suelo. Unos hilos largos empezaron a surgir del interior de la cacerola, parecían serpientes blancas recién nacidas. Eran... eran espaguetis. Espaguetis que se enderezaban queriendo saber quién estaba tocando la flauta. Se movían, se contorneaban oyendo la melodía que salía de mi flauta.

—Hala, hija mía, deja de tocar, que ya están cocidos —me dijo mi madre, terminando de cortar trocitos pequeños de chorizo y jamón.

Cuando me desperté del sueño y fui a la cocina a comer ya sabía qué comida me estaba esperando en el plato; ¿a que tú también?

TESORO PIRATA

Todas las noches mi padre me lee un cuento. La noche del viernes mi padre no quería leerme ningún cuento; quería ver en la tele una telecomedia de mucho éxito en Estados Unidos. Y mi padre se puso a ver la tele. Pero, casualidad, la luz se fue, bien lejos. Y la televisión calló.

Mi padre acudió a mi habitación, tropezando. Yo no dormía, pensaba. Mi padre me preguntó si estaba dormido. Yo le respondí que sí, que estaba dormido, pero que me gustaría que cogiese una vela y, a su luz, me leyese un cuento. Así lo hizo. Antes, le dije a mi padre dónde podría encontrar la vela y su palmatoria. Mi padre sólo sabe dónde está su maquinilla de afeitar y el tarro de las guindillas. Las hace mi abuela, las guindillas, claro, en el pueblo. Salió de la habitación, tropezando. Volvió con la vela encendida, quejándose por un golpe que se dio en la rodilla y con *La isla del Tesoro*. Era una adaptación corta para niños de mi edad.

Mi padre me leyó el cuento, a la luz de la vela. Todas las sombras eran alargadas como zanahorias. Volvió la luz cuando mi padre me dijo:

—Y ahora a dormir.

Aquella noche soñé con loros de vivos colores, con piratas con pata de palo, con un gran tesoro escondido bajo tierra, en algún lugar de nuestro jardín.

Así que me levanté más pirata que nunca. Pensé desayunar una copa de aguardiente, pero me tomé un vaso de leche. Bajé al jardín. Era temprano. Mis padres todavía dormían. Abrí el cobertizo en el que mi padre guarda las herramientas de jardinería. Me até un pañuelo a la cabeza y, como poseído por un espíritu pirata, me dispuse a cavar en el jardín esperan-

do encontrar el cofre del tesoro. Cavé más de treinta agujeros (creo que habrá que plantar otra vez el césped) y lo único que encontré fue un hueso, que seguro escondió Napoleón, nuestro perro. Estaba pensando en pasar al jardín del vecino cuando apareció mi padre, con su batín, con sus ojeras.

—Pero ¿qué haces? —gritó, llevándose las manos a la cabeza.

—Buscar el tesoro —le respondí levantándome el parche que me había puesto en el ojo derecho.

—Te voy a dar tesoro —me amenazó, blandiendo su espada, quiero decir su mano. Y empezó a perseguirme. Parecía que el que llevaba el parche era él, pero en los dos ojos. Se cayó en todos los agujeros que yo había hecho. En todos los posibles tesoros. Mi madre tuvo que vendarle un tobillo y una muñeca. Qué paciencia tiene mi madre. ¡Ay!

TARDE DE TOROS

El picador, montado en su caballo jerezano, salió a la plaza de toros. Del caballo no se veía nada más que las orejas, y algo de las patas. Del toro se veía todo: su rabo, sus patas, sus cuernos. El picador animó al caballo a caminar unos metros. Pero el caballo, que no era tonto, movió su cabeza dando a entender que él no se movía. Que no. El toro empezó a azuzar el albero con su pata derecha, levantando un polvo denso y brillante. Por su hocico salía humo, como en el infierno. El público, desde sus asientos, protestaba por la espera. El picador, que iba engalanado según manda el estilo taurino, empezó a sudar a mares. A mares.

Tanto sudó que un ayudante tuvo que abrir la puerta de toriles para que saliera un barquito que, con sus redes y todo, y como todas las tardes, pretendía hacerse a la mar para pescar peces espada, merluzas y bonitos. El toro, negro como los toros de África, miró al picador. El picador miró al caballo. Y el caballo dirigió su mirada al capitán del barco. El capitán del barco, que no tenía una pata de palo, pero que fumaba en pipa, se encogió de hombros.

La afición no daba crédito a que hubiera un barco pesquero en medio de la plaza de toros.

—¿Está usted viendo lo mismo que yo? —le preguntó un señor que estrenaba traje a otro que estrenaba puro.

—Y yo qué sé lo que está usted viendo —le respondió el señor del puro, agriamente—. Lo que yo veo es un barco en medio de la plaza.

Un señor, que era la primera vez que iba a los toros, dijo a su compañero de grada:

—Tú dirás lo que quieras, pero yo prefiero el fútbol.

UN REGALO
DIFERENTE

Aquella mañana de viento que rascaba como un cepillo de ropa, aquella mañana de nubes en peregrinación, Alberto quiso encontrar el objeto perdido. No es que tuviera un gran valor metálico, quiero decir en dinero. Tenía un gran valor sentimental. El objeto perdido se lo había regalado un pájaro. Los pájaros también regalan cosas. Le había regalado un trino precioso. Un trino que te hacía soñar con la primera fresa de la primavera. Que cómo es posible que un pájaro te regale un trino, un gorjeo. Todos los pájaros nos regalan sus cantos. Que cómo es posible guardar el canto de un pájaro, igual que se guarda una canción que nos gusta una barbaridad, con cariño. Alberto, el regalo, lo había guardado en el interior de su armónica decorada por calcomanías de coches de carreras. La que estaba tocando, subido a la rama de la gran morera, cuando aquel pájaro de plumas de feria se posó en la rama. Y le dijo:

—No, no está mal, pero yo prefiero ésta.

Y el pájaro, como si llevase dentro una orquesta de grandes maestros, gorjeó la más bella melodía que se pueda escuchar. Alberto se quedó fascinado. Era como tocar el cielo subido a una escalera de bomberos.

—Para ti —le ofreció el pájaro.

—¿Cómo que para mí? ¿Dónde la guardo? —respondió, extrañado, Alberto—. Ya la tienes guardada. En la armónica. Cada vez que la quieras oír, toca tu armónica y sonará esta melodía.

Y el pájaro ladeó su cabeza, hizo un guiño y echó a volar.

Alberto buscaba su armónica, en los cajones de la cómoda, en los bolsillos de

sus camisas, en la mochila escolar, debajo de la cama. Estaba debajo de la cama, escondida junto a un calcetín a medio enrollar.

La cogió, la limpió en su pantalón y la hizo sonar. Se oyó hasta en la cocina.

—Cuántas veces te tengo dicho que no quiero pájaros en casa —le dijo su madre desde la cocina con voz de cocer huevos.

—No es un pájaro, mamá. Es sólo una armónica.

—¿Una armónica? ¡Dios santo! Ya sabes que a tu padre no le gustan los bichos en casa.

El padre de Alberto, que estrenaba mono aquel día, terminaba de ordeñar la última de las doce vacas que tenía en la cuadra.

—Muuuuuuu —mugió Margarita, la vaca más lechera.

—Guuaauuuu —ladró Plinio, el perro con los ojos más chispeantes de toda la provincia.

Nubes cargadas de lluvia

En el cielo había nubes pesadas, cargadas de lluvia. Y en el corral había conejos y gallinas. Pero los conejos estaban en sus jaulas y las gallinas no. Las gallinas correteaban de aquí para allá, menos doña Reme, que, preocupada por lo gris que estaba el cielo, se había quedado en casa preparando la comida para su marido y su hijo.

«Va a llover», pensó doña Reme mirando al cielo. Y doña Reme, en vez de poner un huevo, puso la mesa para servir el almuerzo. Dispuso el mantel, los platos, los vasos, los cubiertos, las servilletas y una botella de agua. Para su maridito, don Sebastián; y para su hijito,

Gustavito. Cuando todo estaba en su sitio, la gallina llamó a su maridito y a su hijito.

Don Sebastián estaba hablando de fútbol con los amigos: «Que vaya con el arbitro. Que si había sido mala suerte. Que tres huevos al poste son muchos postes...»

Gustavito estaba estudiando para, de mayor, ser gallo pastor alemán y pastorear su propio rebaño de ovejas.

—Me parece que va a llover. ¡Uuh, qué bien huele! —dijo don Sebastián al entrar en la casa.

—Me parece que va a llover. ¡Uuh, qué bien huele! —dijo Gustavito, después de dar un beso a su madre.

—Es que no sabéis decir otra cosa —se enojó la gallina.

—Sí —respondió don Sebastián—. Yo sé decir que las galaxias son grupos de estrellas que se mantienen agrupadas por su mutua atracción gravitatoria. O que una ventisca es una tormenta de nieve con fuertes vientos.

—Jo, papá. Cuánto sabes —apuntó con satisfacción Gustavito.

—Y yo sé decir que os coméis todo o me enfadaré —dijo la madre, más seria que un anuncio por palabras.

Aquella mañana, en la que en el cielo había nubes pesadas, cargadas de lluvia, don Sebastián, su mujercita y su hijo se comieron un plato de merluza a la vasca para chuparse los dedos. Aquella mañana de color gris en la que parecía que iba a llover y no llovió.

Mi sobrina

Tengo una sobrina que cuando viene a casa lo primero que me pide es que le cuente un cuento; y lo segundo, un vaso de limonada que hago yo mismo, como los cuentos. Yo le cuento un cuento y, cuando termino, me dice:

—No está mal, pero podría estar mejor.

Mi sobrina es muy exigente. Y tiene tanto carácter como su madre, o sea, mi hermana.

La semana pasada estuvo en casa. Se bebió la limonada y le conté un cuento. Pero no un cuento que ya tuviese escrito. Me exigió que le contase un cuento que tuviese que inventar sobre la marcha, de cucharas. De cucharas, como si contar un cuento de cucharas fuese fácil. Vaya con la sobrinita... Así que empecé:

En aquella casa había dos cucharas, y dos periquitos. Pero eran las cucharas las que estaban en el cajón, junto a los tenedores y los cuchillos. Los periquitos estaban en la jaula. Y el abrelatas, en el cajón. Las dos cucharas se pasaban el día durmiendo cuan largas eran. Sin otro quehacer que el de salir a las horas en punto, a la hora de las comidas. Pero como resulta que en aquella casa se comían muchas ensaladas, pues apenas si salían de su cajón-dormitorio. Las dos cucharas tenían dos hijas, dos cucharillas. Las dos cucharillas eran menos perezosas que sus padres y salían antes del cajón. A las siete de la mañana ya estaban desayunando. Su madre les decía:

—Volved pronto. No quiero que os paséis el día en el fregadero.

Y las dos cucharillas, como eran muy buenas, a las siete y cuarto estaban de vuelta.

A las dos cucharas les hubiera encantando ir al campo, y comer al aire libre y bañarse en un río, pero no podía ser porque los únicos que iban al campo eran los tenedores y los cuchillos. Pero un domingo, recién comenzado el verano, la dueña de la casa cogió las cucharas, los tenedores, los cuchillos, las cucharillas y los enrolló en una servilleta de tela. Y todos fueron al campo a pasar el día. A ver hormigas y moscas y vacas y latas de aceite abandonadas. Todos juntos, en el mismo bolso. Las cucharas, los tenedores, los cuchillos, las cucharillas, los botellines de cerveza, las latas de atún, de mejillones, de lentejas guisadas. Eso fue lo malo: que fueron todos menos los periquitos, que se quedaron en la jaula. Y el abrelatas, que se quedó en el cajón.

MACARRONES

La comida que más me gusta son los macarrones. Me chiflan. Cuando mamá hace macarrones, le doy un beso tan grande que es imposible dibujarlo.

El martes, mamá hizo macarrones con tomate y alguna cosa más. Cuando los vi en el plato, tan cortaditos, tan iguales, me imaginé un macarrón largo muy largo. Tan largo que sería imposible comerlo.

Y me imaginé a un señor italiano, con delantal, sentado en un taburete de madera, con un cuchillo de cocina, cortando y cortando macarrones pequeños del macarrón largo, larguísimo.

Los cortaba todos iguales. Ni uno solo más largo que el otro.

Y me imaginé que el señor italiano llegaba a su casa. Se quitaba un viejo abrigo de espigas, lo colgaba en una percha y decía:

—¡Qué cansado estoy!

Arrastrando los pies, entraba en la cocina, donde su mujer preparaba la comida. Le daba dos besos y le preguntaba:

—¿Qué tenemos para comer?

Y la señora, con una sonrisa tan inclinada como la Torre de Pisa, le respondía:

—Calamares en su tinta.

Y él exclamaba:

—¡Puf! Menos mal.

LAPICEROS
DE COLORES

54   Mi fiesta de cumpleaños fue un éxito. Nos lo pasamos estupendamente. No quedó nada de tarta de moras, como era de esperar. Soplé todas las velas y se fue la luz de todo el bloque de pisos. No sé si fue casualidad o no, pero lo cierto es que fue así. Como suele suceder en todos los cumpleaños, hubo regalos. En este caso para mí, ya que era mi «cumple».

El regalo que más me gustó fue el que me hizo mi tío Daniel. Mi tío Daniel siempre tiene en su boca una sonrisa. Infunde optimismo, aunque esté con la pierna rota. Es pintor, de cuadros. Quiero decir que no es de esos que pintan las puertas, las paredes o los techos, y que siempre están fumando un cigarrillo negro; mi tío es pintor de los buenos, como Velázquez, Goya o Pelé. Tenemos toda la casa llena de cuadros hechos por mi tío Daniel, hasta en el cuarto trastero tenemos un cuadro de él. A mí, el que más me gusta es uno en el que se puede ver un árbol, una casa, un niño y una bicicleta.

Mi tío Daniel me regaló una caja de pinturas, una caja de cartón duro. La abres y aparecen seis lapiceros de colores que huelen a madera recién cortada. Da gusto todas las pinturas con su punta tan afilada, tan nuevas.

Lo más divertido de estas pinturas es que sólo puedes pintar cosas que empiezan por la misma letra con la que empieza el color del lápiz de color que quieres emplear. Así, si cojo el color rojo, sólo puedo pintar cosas que empiezan por la letra erre. Y pinto relojes, repollos, relámpagos, ranas (es muy divertido pintar una rana roja). Con el color verde sólo puedo pintar cosas que empiezan por

la letra uve; por ejemplo: violines, veletas, vagones, vizcondes... Con el lápiz de color amarillo puedo pintar lo mismo que con el azul: aviones, acueductos, ardillas, árboles... Con el naranja: nubes, nueces, norias, nísperos... Con el color marrón: montañas, manchas, manos, mirlos, marmotas, meteoritos... ¿Y si quiero pintar un yoyó? ¿Qué color tengo que emplear?

EXTRAÑAS SOMBRAS

Aquel patito de andares saltarines no era el patito feo. Pero sus compañeros no querían jugar con él. Daba lástima ver al patito triste, bajo la sombra de aquel viejo árbol, mientras el resto de los patos entraban y salían del agua, agitaban sus alas y reían con sonoros *cuacs*. Levantaba su cabeza al cielo y se preguntaba cuál era el motivo de su soledad. Él sabía nadar, bucear, comer gusanos, agitar sus alas... Con la pena de su alma, se durmió.

Unos ruidos raros le despertaron. Era un conejo que mordisqueaba unas briznas de hierba. Mordisqueaba la hierba y hablaba en voz alta:

—No lo entiendo, no lo entiendo, no lo entiendo —y giraba su cabeza como comprobando que nadie se había llevado su preciosa cola—. No lo entiendo, no lo entiendo.

El pato se desperezó y, con paso silencioso, se aproximó al conejo.

—¿Qué es lo que no entiendes? —le preguntó el pato.

El conejo, sorprendido por las palabras del pato, contestó:

—¡Qué susto me has dado! Pensé que eras un cazador.

—No, sólo soy un pato. *Cuac.* Y me gustaría saber qué es lo que no entiendes.

—¿Quieres saberlo? Te lo voy a explicar. Ningún conejo quiere jugar conmigo. Se esconden detrás de arbustos, se meten en sus madrigueras. Nadie quiere jugar conmigo. Y no lo entiendo. Soy igual que ellos —razonó el conejo.

—Qué casualidad, a mí me pasa lo mismo —le contestó el pato—. Ninguno de los patos de la laguna quiere ser mi compañero de juegos.

—Pues yo te veo igual que los otros patos: una cabeza, un pico, dos alas, dos patas —argumentó el conejo, algo más alegre al comprobar que había alguien que quería hablar con él.

—Pues yo te veo igual que los otros conejos: una cabeza, dos ojeras puntiagudas, cuatro patas y una linda cola. A ver, enséñame tus dientes —le propuso el pato—. También tienes dientes de conejo. No lo entiendo. Eres un conejo como todos los conejos.

Fue entonces cuando un rayo de sol se filtró por las ramas de aquel viejo árbol y los dos amigos quedaron bajo el hermoso sol.

El conejo y el pato, sorprendidos, miraron sus sombras.

—Pero qué ven mis ojos —se extrañó el pato, mirando fijamente la sombra del conejo.

—Pero qué veo —se alarmó el conejo al ver la sombra del pato.

—Tu cuerpo proyecta la sombra de un conejo —dijo el conejo.

—Y tú tienes la sombra de un pato —se sorprendió el pato—. Ya entiendo por qué nadie quiere jugar con nosotros. Tenemos sombras que no nos corresponden.

—Tengo una idea —dijo sonriendo el conejo—. Puede ser la solución a nuestros problemas. Tal vez, si pasamos por el mismo sitio en dirección contraria y nos cruzamos en un punto, justo a la vez, yo me quede con tu sombra, y tú con la mía.

Los dos amigos, como en las películas del Oeste, se aproximaban el uno al otro hasta que, casi rozándose, se cruzaron.

Miraron sus sombras. Y, efectivamente, los dos animales recobraron sus auténticas sombras. Ahora el conejo tenía sombra de conejo y el pato sombra de pato. Como Dios manda.

Los dos amigos rieron contentos.

El sol, desde lo alto, se peinaba sus muchos rayos. Había un rayo travieso, rebelde, que se mantenía ondulante. El sol le recriminó su comportamiento; el rayo juguetón sonrió por su travesura.

ENSALADILLA RUSA

La ensaladilla rusa está hecha de: patatas, zanahorias, guisantes, huevo duro, pimiento rojo, pepinillos y cebolletas en vinagre, olivas rellenas de anchoas, judías verdes, lechuga, atún, espárragos, berberechos, jamoncito cortado muy fino (todo tiene que estar cortado muy menudo) y alguna cosa más que no recuerdo. Una tía mía le echa chorizo, pero no creo que sea lo más indicado. Todo revuelto. O sea, que podemos echar primero las zanahorias y luego los guisantes. O primero los guisantes y luego las olivas rellenas de anchoas, para terminar con el atún. Pero no pasaría nada si primero echamos el atún, después de abrir la lata, claro, y luego la patata. Y así sucesivamente.

Todo hay que echarlo en un bol, y revolverlo. Que quede la patata entre el atún y los guisantes. O el guisante al lado del pepinillo en vinagre, junto a la cebolleta, que para eso está en vinagre también. Mi madre tiene la rara habilidad de poner la judía verde al lado del pimiento rojo. Ves el pimiento y dices mira la judía verde.

Mi madre dice que hacer ensaladilla rusa no es tan fácil como parece, que requiere de una gran habilidad que no todo el mundo tiene. Sobre todo, al final, llegado el momento de agregar la salsa; cuando ya hemos mareado la patata, la zanahoria, el pepinillo en vinagre, los espárragos, todo. Todo. La salsa mayonesa es lo más importante. La salsa mayonesa debe su nombre al conde de Salsa, que vivía en la región de la mayonesa rusa. O algo así.

Tenemos que echar la salsa mayonesa como si de una gran nevada se tratara.

Encima de todo. Pluuuuuuf. Todo, y encima la mayonesa. Pues voy yo, el pasado domingo (ignorando por completo los consejos de mi madre), y echo la salsa mayonesa debajo. Debajo. Debajo de la patata, del pimiento rojo, de los guisantes... De todo.

EL GLOBO

Estábamos en la terraza, tomando el sol de los primeros días de mayo. Mi madre, mi hermano y yo. Mi hermano dijo que qué aburrido era tomar el sol. Que prefería hinchar globos a estar echado largo en el colchón de playa-terraza. Entonces, saqué un globo del bolsillo de mi pantalón y se lo di.

—Toma, para que te calles —le dije.

Lo cogió y empezó a hinchar el globo. Mi madre tenía puestas dos rodajas de pepino en los ojos, así que no lo pudo ver. Mi hermano empezó a soplar aire dentro del globo y, claro está, el globo comenzó a hincharse. Al principio se puso del tamaño de un melón, luego de una sandía. Y mi hermano continuaba soplando, qué pulmones. El globo adquirió el tamaño de una pelota de baloncesto, de un jugador de baloncesto, de una pista de baloncesto, inmenso.

—Ten cuidado, no vayas a salir volando con el globo —le dije cuando el globo tomó forma de un globo de esos teledirigidos.

—Qué más quisiera yo —fue lo último que le oí a mi hermano antes de que saliera arrastrado por el globo rumbo a Marte o Júpiter.

—¿Dónde está tu hermano? —me preguntó mi madre cuando se despertó de su estado de modorra.

—Allí —le dije señalando un minúsculo punto en el cielo.

—No me querrás decir que ese punto de allí es tu hermano —se extrañó mi madre.

—No, ese punto no es mi hermano. Es el globo que estaba hinchando. Mi hermano es el que baja a la velocidad de la luz por allí —le dije señalando una estela en movimiento.

—Exagerado —me dijo mi madre metiéndose en casa.

Tuve el tiempo justo de colocar los tres colchones de aire y un flotador con cabeza de cisne en el punto exacto en el que cayó mi hermano.

—No te lo vas a creer —dijo mi hermano.

—Claro que no —le dije yo.

—A merendar —dijo mi madre.

LA COSTUMBRE
DE MI PADRE

Mi padre, todos los días cuando regresa de su trabajo, ve la televisión y lee el periódico con los pies encima de la mesa. A mi madre no le gusta que papá ponga los pies encima de la mesa, pero mi padre le dice que en algún sitio tendrá que ponerlos. Pues bien, mi padre tiene la costumbre de leer el periódico y ver la televisión al mismo tiempo, con los pies encima de la mesa y con las manos en el periódico. Así ni se entera de lo que dice el periódico ni de lo que dice la televisión. Pues un buen día fui yo y le pregunté:

—Papá, ¿por qué los coches no tienen rabo?

Mi padre dejó el periódico, con la noticia a medio leer, bajó los pies de encima de la mesa, bajó el volumen del televisor, se levantó de su sofá, cogió un viejo cuaderno que había al lado del teléfono, se sacó el bolígrafo del bolsillo de su camisa y me dijo:

—¿Quién te ha dicho a ti que los coches no tienen rabo?

Yo me encogí de hombros, me senté en el sofá, puse los pies encima de la mesa y no dije nada. Mi padre se sentó en el sofá, a mi lado, abrió el cuaderno encima de la mesa y se puso a escribir algo, a dibujar, mejor dicho. Terminó su dibujo. Puso los pies encima de la mesa (yo bajé los míos) y me enseñó su dibujo.

—¿Quién te ha dicho a ti que los coches no tienen rabo? —me repitió, enseñándome el supercochazo todo equipado que corría que se las pelaba que acababa de dibujar. Era el primer coche que veía al que no le faltaba de nada, ni el rabo que le acababa de dibujar con el bolígrafo que le regalamos para su cumpleaños.

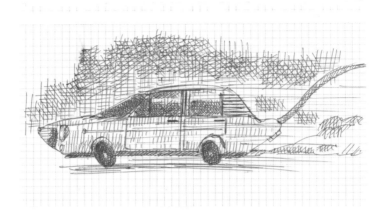

Era el primer coche con rabo, como los dragones. Y sacaba humo por el tubo de escape, como los dragones.

LOS CONEJOS ¿SE CAZAN O SE PESCAN?

—Los conejos ¿se cazan o se pescan? —le pregunté a Lucas, que lo sabe todo.

Me miró como si fuera un extraterrestre. Se giró y le dio una patada a un bote de Fanta naranja. Me ignoró.

—Los conejos ¿se cazan o se pescan? —le volví a preguntar, como si no me hubiera dado cuenta de su desprecio.

Lucas me miró con ojos de gladiador enfurecido. Abrió su boca, parecía que iba a decir algo, pero no dijo nada.

—Los conejos ¿se cazan o se pescan, Lucas? Tú que lo sabes todo —creo que estaba claro que a quien preguntaba era a él, a Lucas. De todas maneras, estábamos sólo los dos. Esperando a que llegara su madre y nos llevara de vuelta a casa.

—No seas pesado, caramba —él siempre decía caramba cuando había algo que le molestaba.

Pero, bueno, tampoco era una pregunta tan difícil. No le había preguntado en qué año se construyó la Alhambra o qué colores tiene la bandera de Venezuela.

Sólo quería saber si los conejos se pescaban o se cazaban. Volví a repetir mi duda:

—Los conejos ¿se cazan o se pescan?

—Se pescan —Lucas hizo una pausa—. Se cazan. ¡Qué sé yo! —contestó más serio que una foto.

Yo estaba como al principio, sin saber si los conejos se cazaban o se pescaban. Por suerte, un señor mayor, de barbas canas, pasó junto a nosotros. Todo decidido le pregunté:

—Por favor, señor, ¿los conejos se cazan o se pescan?

El señor me miró de abajo a abajo (con siete años que tenemos no se nos puede mirar de otra manera) y me contestó:

—Lo siento, jovencito. No soy de aquí. Mala suerte.

Afortunadamente, nuestra espera no duró más tiempo; la madre de Lucas paró su coche y nos subimos a él. Le faltó tiempo para preguntar a Lucas por qué motivo tenía la cara tan seria.

—Éste —dijo Lucas, señalándome con el dedo—, que no hace otra cosa que preguntarme si los conejos se cazan o se pescan.

La madre de Lucas nos miró por el espejo retrovisor y sonrió. Un semáforo se puso en rojo, ocasión que aprovechó para girar su cabeza y responder a Lucas, y a mí:

—Los conejos, por supuesto, se cazan.

Lucas respiró aliviado

—Y si son de agua, ¿qué? —la pregunta me salió desde lo más hondo de mi alma.

La madre de Lucas y Lucas se quedaron unos segundos parados, como un coche averiado. Yo me mordí el labio y miré al semáforo.

—Verde —dije—. Ya está verde.

Los dos se encogieron de hombros. La madre de Lucas arrancó el coche y avanzamos camino de casa.

Paralela a nosotros, y desde otro coche en movimiento, una niña pelirroja de ojos claros me regaló su mirada bondadosa.

AGENTE SECRETO

Mi vecino es agente secreto. Lo sé. Y no lo digo porque salga de su casa con gabardina, haga frío o calor. Lo digo porque le estuve espiando, y lo seguí.

Su mujer cree que es carnicero; pero seguro que es un agente secreto de los americanos. ¿Que por qué lo sé? Pues porque un día se dejó olvidado un maletín negro. Lo dejó en el suelo para echar unas cartas en el buzón. Y lo olvidó. Yo, que iba detrás de él, cogí el maletín. Ponía en letras grandes: TOP SECRET, que quiere decir no tocar o algo así. Se lo devolví. Él me dio las gracias, metió la mano en su bolsillo y me obsequió con un dólar de propina.

Esto no hizo más que confirmar mis sospechas.

Busqué en las páginas amarillas, en las páginas de Agentes Secretos, nada. Busqué en *Hespías,* pero, claro, espía es sin hache, así que busqué en Espías. Sólo había dos: Taboada y Wilkinson. ¿Qué clase de espías son éstos que se anuncian en las páginas amarillas? Yo, si fuera su jefe, los habría despedido.

Un día, un coche rojo aparcó delante de la casa de mi vecino. Tocó el claxon tres veces y mi vecino salió de su casa. El conductor del coche rojo bajó la ventanilla y le entregó una cinta de vídeo y le indicó con una señal que mirase en el buzón. La ventanilla empezó a subir sin que le diera tiempo a mi vecino de retirar la mano; le pilló un dedo. Mi vecino, a diferencia de cualquiera que no fuese agente secreto, ni se quejó ni nada. Sólo le pegó un puntapié a la puerta del coche rojo. El coche salió zumbando.

Yo veía todo desde la ventana de mi habitación, oculto por los visillos. Por

suerte vivo en una vivienda unifamiliar, como la de mi vecino; y su buzón está junto al mío. Entonces pasó lo que yo quería que pasase. Al recoger el correo se le cayó un sobre. Rápidamente bajé las escaleras, salí al jardín, corrí con la cabeza baja paralelo a la tapia que separa ambas casas, abrí la puerta que da a la calle y cogí el sobre. Allí estaba el mensaje secreto. Pero, ¡oh!, al incorporarme mi cabeza se chocó con el estómago de mi vecino.

—Gracias, Carlitos —me dijo con una sonrisa forzada—. Eres muy joven todavía para meterte en líos —sentenció.

Metió su mano, lentamente, en su abultado bolsillo. En mi cabeza sonó una música de ésas de películas de suspense.

—Y muy pequeño para morir —respondí muerto de miedo.

Él rió como ríen en las películas en blanco y negro. Sacó su mano del bolsillo y extrajo una lupa de espía. Me la regaló. Se dio media vuelta y se metió en su casa. Yo me metí en la mía porque, con los nervios, había olvidado ponerme los pantalones y tenía frío. Porque tenía que terminar los deberes. Y porque mi madre me dijo que si estaba loco, que qué hacía en la calle medio desnudo.

LA GALLINA LLINA

La muchacha alzó su cabeza. Miró a su alrededor. Sus pertenencias eran pocas, apenas lo puesto. Lo escaso que poseía estaba allí. Delante de ella: su cabaña de techo de hoja de palma, un pequeño jergón sobre el que dormía, un plato de frijoles a medio comer, una cuchara, un viejo cuchillo, y una gallina de alegre porte que correteaba de aquí para allá.

La gallina Llina era su mejor amiga.

Laurita hizo unas castañetas con los dedos y la gallina Llina acudió a su reclamo. Con pasitos cortos, muy cortos, la gallina se cobijó en sus pies. Laurita la miró con sus ojitos llenos de sol, pero aquel

día el sol estaba nublado. La gallina entendió que Laurita estaba triste, como cuando llueve. Y cacareando puso un huevo. Un huevo ovalado, ni muy grande ni muy pequeño, irrompible. Era un huevo del color del cielo que les amparaba: azul. Qué bonito. Laurita guardaba los huevos de colores de la gallina Llina encima de un pequeño aparador hecho de madera.

Se podían ver de color rojo, naranja, amarillo, verde, añil y violeta. Ya tenía todos los colores del arco iris.

Ahora, mirarlos todos juntos, agrupados, era como ver nacer a un niño. Laurita cogió el huevo y lo dispuso en su aparador, le dio las gracias a Llina y sonrió; la gallina Llina también.

Índice

Escribieron y dibujaron...

Daniel Nesquens

—*El humor de Daniel Nesquens es una de sus principales señas de identidad. ¿Qué le gustaría contar de su biografía a los lectores de este libro?*

—Creo que mi biografía cabe en el reverso de una tapa de yogur, pero diré que me nacieron en Zaragoza; que tuve una infancia de juegos de calle, de estar poco en casa. Así pasó que un día mis padres no me conocieron y no me dejaron entrar en casa. Ese día dormí en la calle. Poco a poco fui creciendo. Un día me afeité. Otro me eché novia..., pero sin fumar.

—*¿Cómo surgió la idea de escribir para niños?*

—Pensé que tal vez el humor que empleaba en mis relatos para adultos podría ser adaptado a un mundo infantil. El mundo infantil te otorga una libertad infinita para la creación.

—*¿Cómo suele escoger los motivos de sus cuentos?*

—De la vida, de lo que veo, de lo que escucho, de lo que leo. También de la imaginación, fuente inagotable de argumentos para narrar historias.

—*¿En su infancia imaginaba cosas como las que narra en este libro?*

—No. De niño imaginaba ser un futbolista de Primera División. Marcar goles inverosímiles y contestar a las preguntas de los periodistas.

—*¿De qué recursos se sirve para lograr ese surrealismo tan humorístico y sorpresivo en sus relatos?*

—De no ponerle puertas al campo. Y de dar siempre un paso más. Un niño tiene derecho a imáginar que es factible que llueva a mares y que un barco pesquero entre en una plaza de toros, que su vecino sea un agente secreto, que en su jardín esté enterrado un tesoro pirata, que los conejos se pesquen...

Emilio
Urberuaga

—Nace en Madrid. Des-
de hace varios años se
dedica exclusivamente a
la ilustración aunque su
afición se remonta mu-
cho tiempo atrás. ¿Cómo
surgió la oportunidad de dedicarse a aquello que siempre le había gustado?

—A los 14 años comencé a trabajar de «chico» en
una empresa donde se vendían cuadros al por mayor, y
más tarde trabajé en un banco. Gracias a mi mujer, en
1978 pude despedirme del banco y, como en las mejo-
res biografías de Hollywood, me puse a trabajar como
repartidor, vendedor y alguna cosa más, hasta que, por
fin, surgió la oportunidad de trabajar como estampa-
dor y más tarde como grabador.

—¿Y cuándo comienza a ilustrar libros infantiles?
—Mi primer libro infantil lo ilustré cuando traba-
jaba como grabador. Fue cosa de una editora y un

amigo generoso. Desde entonces he ilustrado más libros, algunos de los cuales se han publicado en Suiza, Alemania, Austria, Italia, Finlandia, Japón, Estados Unidos...

—*¿Su trabajo como ilustrador se centra exclusivamente en la literatura infantil?*

—No. También he colaborado en prensa y he ilustrado varios libros de texto, aunque lo que más me gusta es ilustrar literatura para niños. Bueno, también me gusta el jazz, el cine de los años 40 y 50 y perder el tiempo solo, o mejor aún, con mis amigos.